Christian Gottlob Klemm

Die bürgerliche Heurath

Ein Lustpiel in einem Aufzuge

Christian Gottlob Klemm

Die bürgerliche Heurath
Ein Lustpiel in einem Aufzuge

ISBN/EAN: 9783743424302

Hergestellt in Europa, USA, Kanada, Australien, Japan

Cover: Foto ©Andreas Hilbeck / pixelio.de

Manufactured and distributed by brebook publishing software (www.brebook.com)

Christian Gottlob Klemm

Die bürgerliche Heurath

Erster Auftritt

Käthel, welche schüchtern herauskömmt, aber gleich wieder zurück eilen will.

Ja wer Herz hätte? Ach ich hatte doch so viel Herz — ich armes Kind! wie kann ich mich trauen? — Geh, meine Käthel, geh fort, geh lieber wieder fort — Itzt hast du deinen Hochmuth! So gehts wenn man sich zu sehr überhebt — Und doch so eine Menge brave Leute — Aber meine liebe Käthel, du bist ja erst eine Spanne lang — Vor einem halben Jahre hast du erst zu buchstabiren angefangen —

gen — und jetzt willst du dich schon vor die Augen des Publikums wagen? — Ach wie ich zittre — Wie still es ist! es regt sich kein Mensch — (Sie mißt sich an der Scene.) Ey ich werde noch lang wachsen müssen, bis ich groß werde, und bis ich verständlich sprechen lerne; ich habe mich zwar schon oft vor dem Spiegel exerciret — Und doch das Laut, das vernehmliche Reden noch nicht lernen können. Ich glaube, da applaudirt schon jemand — Ja wenn das wäre, da würde ich schon mehr Herz kriegen. Sie können mir Muth mittheilen — O thun sie es doch — und wenn sie es thun, so wollen wir es wagen sie mit einer kleinen Comödie zu unterhalten? Wir wollen lauter große, und erwachsene Leute agiren Freylich sind wir nur noch Kinder, wenn wir einmal groß seyn werden, da wird es schon besser gehen. O wenn wir doch den Beyfall — (man ruft zwischen der Scene) Ach das ist die Frau Philippin. Die Comödie fängt schon an.

Erster Auftritt.

Frau Philippin, Käthel.

Fr. Philippin.

Ich glaube du gehst spaziren? Hast du nichts zu thun? Ist die Liesel schon angelegt? Hast du mir schon den Spitz aufgenäht? Mache, daß du mir das Frühstück bringst. Hast du mich verstanden.

Käthel.

Ein Lustspiel

Käthel.

Ja, meine Frau.

Fr. Philippin.

Ich habe dirs schon gesagt, daß du mich Madam heissen sollst. Können sich andere Bürgerweiber so schelten lassen, die doch nicht halb so reich sind, als wir, und die bey weitem nicht so viele vornehme Leute als ich kennen, so dächte ich, könnte ich wohl gar ihr Streng heißen.

Käthel.

Wie sie befehlen, schaffen sie, daß ich sie Ihr Gnaden schelten soll? Mir ists recht, so muß man mich hernach auch Cammerjungfer heißen.

Fr. Philippin.

Wer weiß, was mit der Zeit noch werden kann, ich bin so gar alt noch nicht; ich kenne gar viele, die weit jünger sind, die nicht so viel mit Kindern ausgestanden haben, als ich, und sehn doch nicht halb so gut aus. Nu was stehst du denn da? Was habe ich dir geschaft.

Käthel.

Sie haben mich um viererley gefragt, auf welches soll ich zu erst antworten?

Fr. Philippin.

Auf keines. Die Dienstboten sollen schweigen und thun; und sollen nicht wieder bellen.

6 Die bürgerliche Heurath.

Geh mir aus den Augen, und bringe mir ein Frühstück.

Käthel.

Was schaffen sie für eins? Es ist heute neblicht, wollen sie einen Rosoli, und etwa ein paar Kipfeln dazu?

Fr. Philippin.

Itzt trincke ich nichts anders mehr, als Chocolade. Geh mache geschwind eine, mit viel Faum, und schicke mir meine Tochter her.

Käthel.

Ach Chokolade mache ich recht gern. Es ist einem ordentlich, als wenn man bey gnädigen Leuten wäre, wenn man Chokolade macht. Ich werde brav darauf los sprudeln.

Zweyter Auftritt.
Frau Philippin allein.

Was man doch für Sorgen, für Kümmernisse im Ehestande hat! Es sollte sich bey der Zeit gar kein Mädel mehr wünschen verheurathet zu seyn. Da denkt man in den jungen Jahren, wenn man nur einen Mann hat, darnach hat man alles, darnach geht einem nichts mehr ab. Man drängt sich recht dazu, damit man es ja nicht versäumt, als wenn

man

man Wunder was verlöre. Ach hernach sieht mans. Bald muß man sich mit dem Manne herumzanken, bald mit den Dienstboten, die einem das Leben rechtschaffen sauer machen können, und wenn darnach erst Familie dazu kömmt; o da ists gar aus. Nur das geht mir noch im Kopf herum, daß ich nicht noch ein Jährl oder so etwas gewartet habe! Es ist doch keine Freude mit einem Burger — ich war damals hübsch und ich sehe itzt noch nicht so übel aus, es hätte leicht einer aus einem Kasteri kommen können, da wäre ich doch wenigstens eine strenge Frau worden; aber itzt gute Nacht. Wenn nur der Mosje Cleant bald käme, der ist aus einem Kasteri, ach ich habe ihm schon manche Bekanntschaft unter vornehmen Leuten zu danken. Es ist doch ganz was anders um vornehme Leute, als um die bürgerlichen, sie essen und trinken, sie reden und denken anders. Wenn mir der Mosje Cleant in der Comödie aufwartet, da lacht mir allezeit das Herz im Leibe. Das ist einmal wahr, er ist gar ein scharmantes Mannsbild! ha da kömmt meine Tochter.

Dritter Auftritt.

Fr. Philippin und Liesel.

(Liesel küßt ihr die Hand.)

Ich wünsche wohl geruht zu haben Frau Mutter

8 Die bürgerliche Heurath.

Fr. Philippin.

Frau Mutter, wenn nur mein Mann kein solcher Knopf wäre, so ließ ich mich Mama schelten. Guten Morgen. Wo ist dein Vater?

Liesel.

Ich glaube er ist schon ausgegangen, Frau Mutter.

Fr. Philippin.

Desto besser. Nu wie stehts denn mit dir? Wird dir die Zeit nicht lang, bis du einen Mann kriegst?

Liesel.

Warum Frau Mutter?

Fr. Philippin.

Nu warum wirst du denn roth? Narr, du bist ja so klein nicht mehr, da muß man nicht mehr roth werden. Ich wüßte etwas —

Lisel.

Was denn Frau Mutter?

Fr. Philippin.

Das ewige Frau Mutter wird mir recht unerträglich. Nu, ich hätte so einen Gedanken; ein Herr aus einem Kasteri —

Liesel.

So?

Fr. Philippin.

Ein Luſtſpiel.

Fr. Philippin.

Da könnteſt du in einem langen Salupp gehn, da könnteſt du dich Ihr Gnaden mit der Zeit ſchelten laſſen, das iſt gar ein ſcharmanter Herr. Das wäre ein Glück für dich!

Lieſel.

Ey.

Fr. Philippin.

Ja; er wird dieſen Morgen herkommen, da wirſt du in Prater, in die Comödie, in Augarten, und vielleicht gar nach Hofe fahren, und er wird daneben herreiten. Er kann reiten, und fechten, Gott behüt ihn für Unglück, und ſingen und tanzen.

Lieſel.

So? wie heißt er denn, Frau Mutter?

Fr. Philippin.

Der ſchöne Cleant iſts. Er wird bald da ſeyn. Suche ja, daß du ihm gefällſt. Wenn er deinen kleinen Mund lobt, ſo ziehe ihn beſſer zuſammen. Lobt er deine Augen, ſo ſieh ihn recht zärtlich an, und laß ſie alle beyde im Kopfe herumfahren. Nimmt er dich bey der Hand, ſo ſprich: Ach ſehn ſie nur wie ſie die Sonne verbrannt hat, ſie iſt ſonſt viel weiſer geweſen, — ſo muß man ſich zu helfen wiſſen, ſo hat manche Mutter ihre Tochter gut angebracht, und ſo hat oft manches gemeine Mä-

Die bürgerliche Heurath.

bei einen vornehmen Herrn zum Mann ge‑
kriegt. Laß doch sehn, dreh dich einmal um.
Nu du bist ganz hübsch gewachsen. Thu manch‑
mal als ob dir jemand gerufen hätte, und da
wende dich geschwind um, damit er deine Taille
sieht. So machs. Ich muß der Käthel et‑
was schaffen. Wenn mein Mann stirbt, er
wäre alt genug dazu, so nehme ich mir keinen
andern, als einen aus einem Kasteri, da darf
man nichts arbeiten, man hat Respect und
lauter Pläsir.

Vierter Auftritt.

Liesel allein.

Wenn sich nur meine Frau Mutter nicht
etwa übereilt! der ganze Cleant gefällt
mir nicht, das Maul steht ihm keinen Augen‑
blick still, man kann kein Wort vor ihm auf‑
bringen. Ich werde nur meinen Herrn Va‑
ter um Rath fragen. Aber was wirds hel‑
fen? Manchmal zankt er erschrecklich mit der
Frau Mutter, so daß ich am ganzen Leibe
zittre, und hernach thut er doch was sie ha‑
ben will. Und da bilden sich die Mannsleute
so viel ein. Ja gehorsame Dienerin! Ich
dächte doch, ich könnte noch ein paar Monate
warten, bis ich heurathete — doch das Gewisse
fürs Ungewisse. Ich könnte vielleicht doch
hernach übrig bleiben, und das wäre ja das
größte

größte Unglück. Ich höre, bey den Zeiten sollen gar viele Jungfern übrig bleiben, die noch viel jünger als ich sind. Von allen den jungen Leuten, die ins Haus kommen, gefällt mir keiner recht. Der Lelio redt gar nichts, der Leander hat so eine abgeschmackte Frisur, der Philint hat gar keinen Gusto in Kleidern, und hat einen dicken Kopf wie ein Bär, und der Philidor richtet alle Leute aus. Den Simon wollte ich noch am ersten leiden, er ist so ordinär weg, und scheint mir ein braver Mensch zu seyn. Ey da kömmt er; ich will ihn expreß um Rath fragen.

Fünfter Auftritt.

Lisel und Simon.

Liesel.

Guten Morgen Herr Simon.

Simon.

Guten Morgen, Jungfer Liesel. Wie haben sie geschlafen?

Liesel.

Ich weiß selbst nicht recht; es muß mir etwas vorgehn, ich bin heute Nacht über dreymal aufgewacht.

Simon.

Simon.

Ich kann auch schon lang nicht recht gut mehr schlafen, ich weiß nicht was mir ist.

Liesel.

J was fehlt ihnen denn? Wissen sie was Neues?

Simon.

Was denn?

Liesel.

Ich soll eine Braut werden.

Simon. (erschrickt)

Eine Braut?

Liesel.

Ja.

Simon.

Haben sie denn Lust zum heurathen?

Liesel.

Ich weiß selbst nicht; die ledigen Mädeln dürfen sichs ja nicht merken lassen, wenn sie auch noch so große Lust dazu haben. Aber bey meinen Jahren dächte ich, wäre es doch keine so große Schande mehr, wenn ich es auch sagete, nicht wahr Herr Simon?

Simon.

Und wer ist denn ihr Bräutigam. Darf man es wissen?

Liesel.

Liesel.

Warum nicht? Der Herr Cleant. Ist das nicht etwan ein galanter Mensch?

Simon.

Ach ich bin des Todes.

Liesel.

Was fehlt ihnen denn Herr Simon?

Simon.

Ich habe Kopfweh, und itzt überfällt michs auf einmal wieder. Haben sie denn den Cleant gern?

Liesel.

Nicht sonderlich.

Simon.

Wenn man aber heurathen will, so muß man seinen Mann gern haben, sonst ist man ja unglücklich.

Liesel.

Die Frau Franzel hat aber einmal gesagt, daß sie ihren Mann doch geheurathet hätte, ob sie ihn gleich nicht gern gehabt hätte, nnd unter den vornehmen Leuten wäre das die größte Mode, da hätten gar viele ihre Männer nicht gern.

Simon.

Ja bey vornehmen Leuten, da ists was anders, da muß es wohl so seyn, sonst wären sie

ja

ja von den gemeinen Leuten nicht unterschieden. Aber wir sind ja keine vornehmen Leute.

Liesel.

Da haben sie ganz recht. Ich möchte selber keinen Mann haben, den ich nicht gern haben könnte. Meine Frau Mutter will es aber haben. So geben sie mir einen Rath.

Simon.

Wenn sie ihn nicht gern haben können, so müßen sie ihn halt nicht heurathen. Oder lieben sie vielleicht einen andern?

Liesel.

Ich könnte es weiter nicht sagen.

Simon.

Wenn sie aber doch heurathen müßten, könnte ihnen denn kein einziger gefallen? Was wünschten sie sich denn für einen.

Liesel.

Ein Vornehmer dürfte es just nicht seyn, so ein gesetzter Mensch, nicht zu jung, nicht zu alt, und nichts affectirtes, denn das kann ich absolut nicht leiden. Wenn ich nur vergnügt wäre, damit hätte ich gnug.

Simon.

O meine liebe Jungfer Liesel, ich hätte auch Lust zu heurathen, es träumt mir oft davon.

Liesel.

Ein Lustspiel.

Liesel.

So? Wen wollen sie denn heurathen?

Simon.

Ach ich wüßte wohl —

Liesel.

Gehn sie, sie, sie werden schon lang eine Amantin haben.

Simon.

Ja freylich hätte ich eine, aber sie weiß es halt nicht, daß ich sie liebhabe.

Liesel,

Warum sagen sie ihrs denn nicht?

Simon.

Ja, ich traue mich nicht.

Liesel.

Mir können sie es aber doch sagen, wer es ist?

Simon.

Ihnen am allerwenigsten.

Lisel.

Ach pfuy, daß ist nicht höflich. Expreß will ichs wissen. Die Frauenzimmer können ja den Mannsbildern befehlen. Gleich sagen sie mirs.

Simon.

Aber —

Liesel.

Die bürgerliche Heurath.

Liesel.
Sie sollen mirs sagen, ich will es haben.

Simon.
Nu — ach sie sind es selbst.

Liesel.
Ich?

Simon.
Ja, meine liebste Liesel, ich habe sie seit langer Zeit auf das zärtlichste geliebet; wollen sie denn nicht — Ich traue mich nichts mehr zu sagen.

Liesel.
Gehn sie, sie gehn sie, was klopft mir denn das Herz so — das ist ein Klopfen! O da kömmt mein Herr Vater —

Sechster Auftritt.
Philipp und die Vorigen.

Hr. Philipp.
Es ist doch heutigs Tags eine verteufelte Sache! Man weiß gar nicht, wie man mit der Welt mehr zurecht kommen soll. Das war doch zu meiner Zeit ganz anders. Da galt doch ein ehrlicher Bürger noch etwas. Aber itzt, itzt will ein jeder Dintenlecker einem braven Bürger, einem braven Handwerks-
— mann

mann mit Oes kommen. Mit den strengen, mit den gnädigen Leuten ist nun der Teufel vollends gar los. Geh er her, gehts her. Nein da lobe ich mir doch noch die Cavaliers, und die Damen; sie sind alle weit mehr als die andern, und sind doch noch die Höflichsten. Da heißts doch: Geh der Herr her. Wie viel begehrt der Herr! Es wird einem gleich das Herz leichter, und es thut einem so wohl, so wohl, wenn man sich von so großen Herren ästimirt sieht. Gott erhalte mir den großen Adel, unter den andern giebt es zwar auch brave Leute, aber doch so viel stolze affectirte Narren wieder — und die sollen mich in Ruhe lassen. Guten Morgen Herr Simon.

Simon.

Guten Morgen Herr Philipp. Vergeben sie mir mein Herr Philipp, daß ich mir — —

Hr. Philipp.

Der Herr ist mir allezeit lieb, und angenehm; bürgerlich weg, und nichts eingebildetes. Ein Bürger ist doch allemal ein Mann, der mit der Zeit Rathsherr werden kann. In vergangenen Zeiten hatten die Bürger weit mehr zu bedeuten als itzt. Heutigs Tags schämt sich ja ein junger Windbeutel ordentlich, wenn man ihn einen Bürgersmann heißt.

Liesel.

Liesel.

Nu sieht mich denn der Herr Vater gar nicht? Ich küsse dem Herrn Vater die Hand.

Hr. Philipp.

Grüß dich Gott, meine Liesel. Wie gesagt Herr Simon, ich bin ein ehrlicher Mann, basta. Wo ist deine Mutter, Liesel?

Liesel.

Sie wird gleich kommen. Weiß es der Herr Vater schon, daß mich die Frau Mutter verheyrathen will?

Hr. Philipp.

Nu, alt genug bist du dazu. An den Mädeln ist nicht viel aufzuheben. Ich habe auch schon darauf gesonnen; ich werde dir einen braven Bürgersmann geben, mit dem du zufrieden seyn kannst.

Liesel.

Ja, Herr Vater? aber meine Frau Mutter will mich einem Herrn aus einem Kasteri geben.

Herr Philipp.

Was, aus einem Kasteri? Wer soll das seyn —

Liesel.

Der Monsieur Cleant.

Hr. Philipp.

Ein Lustspiel.

Hr. Philipp.

Was doch das Weib für Keckheiten hat! Ja warte ein wenig. So gehts, wenn man den Weibern gar zu viel nachsieht. Sie wollen alle vornehm werden, es ist als wenn sie alle leibhaftig der Hochmuth besessen hätte. Das wäre mir recht, daß ich so einen Müßiggänger in meine Familie nähme, der sich mehr einbildete als ich. Warte nur, komm nur, du verzweifeltes Weib, du sollst sehn, daß ich Mann bin. Nein ich bin kein solcher Narr, daß ich vor meinem Geld und vor einem frisirten, und geputzten Schwiegersohn den Hut abziehn will.

Simon.

Herr Philipp, ich hätte eine Bitte —

Hr. Philipp.

Nur heraus damit, der Herr ist ein ehrlicher Mensch, wenn es in meinem Vermögen steht, so will ich es dem Herrn nicht abschlagen.

Simon.

Ich hätte Lust zum Heurathen, und — —

Lisel.

Ach Herr Simon sagen sie doch nichts — Wie mir das Herz klopft!

Hr. Philipp.

Hr. Philipp.

Desto besser. Der Herr schwitzt ja recht vor Angst, rede der Herr heraus — —

Simon.

Ihre Jungfer Tochter, Herr Philipp —

Hr. Philipp.

Top, da schlag der Herr ein. Der Herr ist ein Burgersmann, und ein braver Mensch, der Herr soll sie haben. Liesel, hast du was wider den Herrn Simon?

Liesel.

Ich weiß nicht, ob es sich für ein Mädel schickt Herr Vater, daß es sagt, daß es jemanden gern hat.

Hr. Philipp.

Ey warum soll es sich nicht schicken? Du bist ja so käsig nicht mehr. Folge mir, und heurathe ihn, du wirst nicht übel fahren.

Lisel.

Nu ja, ich will dem Herrn Vater gehorsam seyn.

Simon.

O mein liebster Herr Philipp! o meine liebste Liesel —

Hr. Philipp.

Ein Luſtſpiel.

Hr. Philipp.

Verſchieb der Herr den Dank nur auf ein andermal. Geht nur fort Kinder, da kömmt mein Weib. Der will ich die Kaſteri austreiben.

Siebenter Auftritt.

Herr Philipp, Frau Ppilipp.

Herr Philipp.

Sage mir nur, was du dich unterſtehſt, daß du mein Mädel an einen Kaſteri verheurathen willſt. Weißt du, daß ich Vater und Mann bin?

Fr. Philipp.

Und weißt du, daß ich Mutter bin? daß es ein Mädel iſt, und daß ſich die Väter gar nicht in die Töchter zu miſchen haben? wenn es noch ein Bube wäre, da ließ ichs noch hingehn.

Hr. Philipp.

Wo kömmt mein Vermögen her, wer hats erworben? Haſt du nur einen Kreuzer dazu beygetragen? und darnach ſoll ich nichts ſagen, he? Die Lieſel ſoll den Simon heurathen, und keinen Plaſtertreter, verſtehſt du mich?

Fr. Philipp.

Fr. Philipp. (höhnisch)

Den Simon. So einen plumpen Bürger. Du haſt halt gar keine honette Abition. –

Hr. Philipp.

Ey ſchaut doch einmal die honette Ambition an! Wenn man ſo ein Narr wäre, und euch Weibern eure honette Ambition wollte ausführen laſſen, ſo wäre man in einem halben Jahre zum Bettler. Das iſt die honette Ambition, wenn man ehrlicher Weiſe einen Gulden Geld verdienet, und ihn ſpahrt. Geld verthun iſt keine Kunſt, das kann jeder Narr, und weiter könnt ihr Weiber ſo nichts, als eure Männer ruiniren.

Fr. Philipp.

Das iſt zum Schlag treffen, wie der Mann redet.

Hr. Philipp.

Ich bin jung geweſen, und alt worden, mit Ehren alt worden, und ich habe halt allemal geſehn, daß der Hochmuth vor dem Fall kömt. Wenn ich brav Geld im Kaſten habe, ſo lache ich die ganze Welt aus. Aber das könnt ihr einfältigen Weiber halt nicht begreifen. Da gehts nur auf Staat, aufs Großthun, und darnach haben ſie kein ganzes Hemd am Leib. Weib du machſt mich böß. Rede mir kein Wort ein. Der Simon ſoll meine Tochter

ter haben, ich will doch sehn, wer Herr ist? Du oder ich?

Fr. Philipp.

Der Henker, da muß ich schon gelindere Saiten aufziehn. Warte nur grober Mann! ich will dich schon kriegen. (Sie küßt ihm die Hand.) Nu ja mein lieber Mann, du hast ja Recht.

Hr. Philipp. (gelinder.)

Ey das dächte ich auch, daß ich Recht hätte. Also keinen Kasteri?

Fr. Philipp.

Nein, mein lieber Mann.

Hr. Philipp.

Narr, ich sage dirs, es ist mit den Leuten nichts zu thun. Sie haben allemal einen heimlichen Hochmuth, wenn sie sich auch noch so demüthig anstellen. Es ist nichts besser, als wenn jedermann bey seinem Stand bleibt. Der Bürger soll ein Bürgermädel, der Kasteri eine Kasterimamsell, und der Edelmann eine Fräule heurathen, so bleibt alles schön in seiner Ordnung.

Fr. Philipp.

Ja, ja, mein Schatz. Du redst wie ein Advocat.

Hr. Philipp.

Ha, da lache ich jeden Advocaten aus, und

wenn

wenn er ein Cicerus wäre. Du wirst es sehen, der Rathsherr wird mir knapp vor dem Kopfe vorbeygehn.

Fr. Philipp.

Ich glaube es schon. Aber schau, höflich muß man doch in der Welt seyn. (Sie küßt ihm die Hand.) Man weiß doch nicht, wie man die Leute braucht, man muß es mit niemanden verderben. Der Cleant hat sich den Morgen ausgebeten, daß er ein wenig herkommen will, das mußt du ihm gleichwohl nicht abschlagen. Er weiß doch tausend schöne Sachen zu erzählen, und —

Hr. Philipp.

Nu meinetwegen, herkommen mag er, aber weiter nichts.

Fr. Philipp.

Ich verlange ja auch weiter nichts. Der Mensch kriegt mit der Zeit ein schönes Vermögen; er ist nicht hochmüthig, die Leute haben ihn überall gern, und du solltest nur hören, wie viel Gutes er überall von dir spricht, in recht vornehmen Häusern. Das ist wahr, sagt er, der Herr Philipp ist doch eine rechte Perle von einem rechtschaffenen, und braven Manne. Ich bin niemals vergnügter, als wenn ich die Ehre haben kann, mit ihm in Gesellschaft zu seyn; er redet wie ein Orak — wie heißt doch das Wort? Wie ein Spectakel

kel glaube ich. Wenn man dieses Mannes Einſichten recht kennete, er würde auf einer ganz andern Stelle ſitzen, den könnte man bey rechten Staatsſachen brauchen, o das iſt der klügſte, der vernünftigſte, der bravſte Mann.

Hr. Philipp.

Iſt das wahr, ſagt er das?

Fr. Philipp.

Frage nur ſelber nach, mein Schatz. Du wirſt es überall hören, er ſagt, er könnte nicht gnug zu deinem Lobe ſagen, und wenn er auch zehn Jahre in einem Stücke fortredete.

Hr. Philipp.

Nu das freut mich.

Fr. Philipp.

Und nimm nur ſelber, wenn man doch gleichwohl bey einem guten Vermögen alle Tage mehr Ehre haben kann, wenn unſere Lieſel nicht allein ein reiches, ſondern auch ein recht vornehmes Weib mit der Zeit würde, ſo wäre es ja für uns ſelbſt deſto beſſer. Nicht wahr mein lieber Schatz? (Sie küßt ihm die Hand)

Hr. Philipp.

Ja, es wäre ſchon alles recht, aber dieſe Leute darnach äſtimiren einen nicht, und ich will, daß mich mein Schwiegerſohn ehren ſoll.

Fr. Philipp.

Fr. Philipp.

Ey fürchte doch das nicht. Er wird dich Zeitlebens in Ehren halten, er hat gar ein gutes Gemüth. Du glaubst nicht, was er für eine gute Seele ist. Ha, da kömmt sein Bedienter.

Achter Auftritt.

Die Vorigen, und Christoph.

Christoph.

Mein Herr, der Herr von Cleant möchte gern aufwarten.

Fr. Philipp.

Sag er nur seinem Herrn, daß er uns eine Ehre thut.

(Christoph heimlich zur Fr. Philipp.)

Schaffen sie doch ihren Mann fort, er will nur mit ihnen allein reden.

Hr. Philipp.

Was brummt er heimlich daher?

Christoph.

Nichts, ich habe kein Wort gesagt. Haben sie keinen Ausgang Herr Philipp?

Hr. Philipp.

Hr. Philipp.

Warum soll ich einen Ausgang haben?

Christoph.

Ich weiß selbst nicht, ich meyne nur so.

Hr. Philipp.

Weiß er, daß sein Meynen da sehr impertinent ist?

Fr. Philipp.

Ach was versteht ein Lakay von der Lebensart. Du mußt dich nicht zürnen mein Herz.

Hr. Philipp.

Geh, halts Maul, das vornehme Wesen wird mir schon wieder verdrüßlich. Was hat der Kerl da zu fragen, ob ich einen Ausgang habe? Denkst du, du willst mich blind machen. He!

Fr. Philipp.

Ach es war ja nicht so übel gemeynt. So gieb dich doch nur zu zufrieden, ich bitte dich um alles in der Welt. Ach da kömmt schon Cleant, o ich bitte.

Christoph.

Nu so habe ich weiter hier nichts mehr zu thun.

Neunter Auftritt.

Hr. Philipp, Fr. Philipp. und Cleant.

Cleant.

Madam, unterthäniger Knecht. Wie haben sie geschlafen? Wenn habe ich wieder die Ehre, sie in der Comödie zu sehn? Serviteur Herr Philipp.

Hr. Philipp.

Servus.

Fr. Philipp. nimmt Cleanten auf die Seite.

O ich bitte sie um alles in der Welt, thun sie nur meinem Manne recht schön, sie wissen, daß er ein Knopf ist, wenn er anfängt; sonst verderben sie die ganze Sache.

Cleant.

Lassen sie mich nur machen, den will ich gleich in Sack schieben.

Hr. Philipp.

Was ist das für eine Manier, daß ich allein da wie ein Stockfisch stehen muß? Ist das eine Lebensart?

Cleant.

Lebensart, ha, ha, ha. Was wollen sie mit ihrer Lebensart, die muß ich auch verstehn.

Hr. Philipp.

Hr. Philipp.

Schlecht genug wie ich sehe.

Cleant

Gehen sie mein lieber alter Philipp. In ihren Jahren muß man nichts mehr von der Lebensart wissen wollen. Lassen sie die Madam von der Lebensart reden, geben sie mir ihre Hand.

Hr. Philipp.

Hr. Cleant, weiß der Herr, daß ich mehr von der Lebensart verstehe, als der Herr? Man kann Lebensart haben, wenn man auch nicht so durch und durch gepudert, und bordirt ist. Es kömmt darauf an, wer mehr im Sacke hat, ich oder der Herr da (er zeigt auf den Sack.) da ist die Lebensart.

Fr. Philipp,

Du ereiferst dich wieder, mein Kind. So folgen sie mir doch Herr Cleant.

Cleant.

(O ich will das alte Ziment gleich wieder gut haben.) Wissen sie was, mein Alter, ich scherze gern, sie werden doch Spaß verstehn?

Hr. Philipp.

Mit dem Spaß ist mir aber nichts gedient. Ich bin ein ehrlicher Burgersmann, und —

Cleant.

Cleant.

Eben deswegen kann man es ihnen nicht übel nehmen, weil sie nicht wissen, wie sich Leute von Stande unter einander spaßen. Kurz und gut, ich will heurathen, die Liesel gefällt mir, lassen sie sich das Glück nicht entgehn. Sehn sie mich einmal an. In einigen Jahren traue ich mir Concipist zu werden, es kömmt auf ein hundert Dukateln nicht an, für Geld kriegt man alles. Schauen sie, ich bin zu allem zu gebrauchen, meine Sachen verstehe ich; und hernach was die feine Galanterie betrift, ich lobe mich zwar nicht gern, aber schaffen sie: Reiten, Fechten, Tanzen, Gusto worinn es nur seyn mag, in mir finden sie alles beysammen, aber bey andern würden sie es vergeblich so suchen. Geben sie sich, mein lieber Schwiegerpapa, ich will ihrem Hause Ehre machen.

Hr. Philipp.

Herr Cleant wissen sie, daß Eigenlob stinkt? und daß man —

Cleant.

Kinderpossen, man muß seine Verdienste geltend zu machen suchen. Wer Verdienste hat, darf hochmüthig seyn. Sie sollen sehen, was ich ihnen für Connoissancen machen will. Der Henker, ich müßte mich zerreißen, wenn ich überall hingehen wollte, wo sie mich gern haben.

Hr. Philipp.

Ein Luſtſpiel.

Fr. Philipp.

Ja mein lieber Mann das iſt wahr, das iſt gewißlich wahr.

Hr. Philipp.

Daß du nicht geſcheid biſt, ja, das iſt gewißlich wahr. O ich bin nicht ſo dumm, ich ſehe deine ganze Karte. Wenn denn der Hr. Cleant ſo vornehme Bekanntſchaften hat, warum nimmt er denn keine Kaſterimamſell? Zu was will er denn ein Bürgermädel heurathen? Nicht wahr, weil er bey dem alten Philipp gute alte Leopoldiner merkt, und die andern nichts haben. Herr Cleant, geb ſich der Hr. keine Mühe — ich rathe es dem Herrn. Wenn ich gleich nicht geſtudirt bin, ſo weiß ich doch auch — da hat mich das Weib wieder übern Tölpel werfen wollen — Adieu Herr Kaſteri.

Zehnter Auftritt.

Frau Philipp und Cleant.

Cleant.

Das iſt ja ein Lipperl. Madam, vergeben ſie mir, das iſt eine ſchlechte Lebensart! Für Leute meines gleichen muß man mehr Reſpekt haben. Ich weis, wer ich bin, und —

Fr. Philipp.

Fr. Philipp.

Ja, sie waren aber selbst Schuld dran, er will ein wenig geschmeichelt seyn, warum haben sie es nicht gethan?

Cleant.

Ich habe nicht nöthig zu schmeicheln. Pardieu, ich dächte doch, wenn man so gemacht ist, wie ich, wenn man mit so vielen vornehmen Leuten umgeht, so sollte einem so ein Mann mehr Hochachtung erzeigen.

Fr. Philipp.

Es ist alles schon ganz recht; ich möchte selber dem Knopf die Haare ausraufen, aber was ist zu thun? Meine Tochter —

Cleant.

Ich habe das Mädel lieb, und sie sollte mich dauren, wenn sie einen andern Mann als mich kriegte, denn da müßte sie ohne Hofnung unglücklich seyn; und wenn sie etwa gar so einen knopfigten Handwerksmann heurathen müßte — Der Henker es ist doch etwas ganz anders mit studirten Leuten. In zwey Jahren aufs längste könnte sie gnädige Frau bey mir werden, denn ohne Eigenliebe, ich habe so viel Geschicklichkeit, daß auch selbst meine Feinde mich werden hervorziehn müssen. Wie gesagt, in zwey Jahren fährt sie mit Wagen und Pferden.

Fr.

Ein Luſtſpiel.

Fr. Philipp.

Ach wenn doch nur mein unglückſeliger Mann! He! Ich höre meine Tochter. Reden ſie mit ihr. Ich will ſehn, wie ich meinen Mann wieder gut mache. Sie müßen ja nicht weiter gehn, hören ſie, ſonſt reiße ich mir den Kopf weg.

Eilfter Auftritt.
Cleant, und hernach Lieſel.

Cleant.

Das iſt ſchon recht, daß die recht hitzig auf mich iſt! Sie weiß halt, was das iſt, wenn man einen Schwiegerſohn kriegt, der von Diſtinction iſt Aber der Alte ſoll mir die Ehre theuer gnug bezahlen. Was braucht der Knopf ſo viel Geld? Ich muß ihm gleichwohl ein wenig ſchön thun. Gehorſamſter Diener Mamſell Lieſel. (zieht das Fernglas heraus) Es iſt wahr, das Mädel iſt mein Seel nicht übel.

Lieſel.

Ihre Dienerin Herr Cleant.

Cleant.

Wie befinden ſie ſich denn mein ſchönes Kind?

Lieſel.

Liesel.

Aufzuwarten. Ist die Frau Mutter nicht hier gewesen? Der Herr Vater schickt mich —

Cleant.

Sie war hier, und ist zu ihm gegangen.

Liesel.

So empfehle ich mich Herr Cleant (sie will gehn.)

Cleant.

So stolz, wollen sie denn nicht ein wenig bey mir bleiben, verdiene ich denn das Glück nicht?

Liesel.

Ich habe zu thun, und es schickt sich auch nicht, daß ein lediges Mädel mit einem Mannsbild allein ist.

Cleant.

Mit mir schickt es sich schon, ich bin eine Exception.

Liesel.

So! so sind sie eine Exception? Was ist denn das für ein Ding.

Cleant.

Das werden sie mit der Zeit schon lernen. Sie gefallen mir, mein Engel, und kurz heurathen

rathen sie mich, so werden sie von tausend schönen Sachen Wissenschaft kriegen, und —

Liesel.

Ja, Herr Cleant? aber ich bin schon versprochen.

Cleant.

Sie versprochen, an wen denn?

Liesel.

An den Herrn Simon.

Cleant.

Gehn sie, sie wollen mich zum Narren haben.

Liesel.

Dasmal nicht, aber ein andermal will ich es schon thun.

Cleant.

Sie sollten so niederträchtig denken?

Liesel.

Mein Denken geht sie ja nichts an, Herr Cleant, da ich ihre Frau nicht werde.

Cleant.

Wie naseweis. Meine liebe Kleine, das sage ich ihnen zur Nachricht, daß ich ihrem Simon weiter nichts, als das Gehirn entzwey schlagen werde.

Liesel.

Liesel.

Ich zittere und bebe. Was wollen sie thun?

Cleant.

Dem bürgerlichen Narren den Kopf zerschlagen, der sich untersteht, an einem Orte um ein Mädel anzuhalten, wo ich bin. Zum Henker —

Liesel.

Ach mein Herr Cleant, das thun sie nicht, ich bitte sie recht schön, recht gar schön. Ich muß nur sehn, wo ich dem Simon Nachricht davon gebe! ach ich bin des Todes, da kömmt er. Was soll ich thun?

Zwölfter Auftritt.
Die Vorigen, und Simon.

Liesel (sie geht ihm entgegen.)

Ach Herr Simon, gehn sie doch fort, der Cleant — will — ihnen — den Kopf — mit — samt dem Gehirn entzwey schlagen.

Simon.

Was will er? Ey fürchten sie sich nicht. Gehorsamer Diener Herr Cleant.

Cleant.

Just recht, was will der Herr hier?

Simon.

Ein Lustspiel.

Simon.

Was haben sie denn darnach zu fragen?

Cleant.

Was bildet sich der Herr ein? Lieseln einem Cleant wegzunehmen, ein Bürger? Das weiß der Teufel was das für impertinente Leute heut zu Tage sind. Zuletzt will noch ein jeder Schneider so viel seyn, als unser einer.

Simon.

Nu was ist denn mehr? Ich bin so gut wie sie, wir sind alle Menschen, und das sage ich ihnen rund weg, bey der Jungfer Liesel lassen sie sich den Appetit vergehn.

Liesel,

Ach Herr Simon, was thun sie? er schlägt ihnen ja den Kopf ein?

Simon.

Er wird ihn uneingeschlagen lassen.

Cleant.

Ey du verdammter bürgerlicher Knopf du, ich will dir zeigen, was ein Mensch aus einem Kasteri ist. Heraus, wenn du Courage hast, heraus, sage ich mit der Fuchtel.

Simon.

Simon.

Denkt der Herr, daß ich kein Herz habe? Das will ich dem Herrn zeigen. Heraus nur.

Liesel.

Ach ich bin des Todes. (läuft davon.)

Dreyzehnter Auftritt.
Simon, und Cleant.

Simon.

Ey nur zu.

Cleant.

Wart nur Kerl. (sie ziehn den Degen.)

Simon (welcher ihn entwafnet.)

Ha! da ist der Prahler! Izt mußt du von meiner Hand sterben.

Cleant (fällt ihm zu Füssen.)

Ach Herr Simon Gnade — ich —

Simon.

Nein, du mußt sterben!

Cleant.

Ach — so — lassen sie mich nur leben, ich will gern nicht mehr ins Hauß — kommen — ich — will gern von der Liesel — nichts — haben.

Simon.

Simon.

Ey du hätteſt ſo nichts davon gekriegt. Nu, ich will dich beſchämen, ich will dir zeigen, daß ich großmüthiger bin, als du Windbeutel, da haſt du deinen Degen, ſteh der Herr auf.

Vierzehenter Auftritt.

Die Vorigen, Herr Philipp, Frau Philipp, Lieſel, und Käthel.

Hr. Philipp.

Was iſt das für eine Art in meinem Hauße? He! wer holt mir die Sicherheitswache? den Degen ziehn, wißt ihr nicht, daß das Degenziehen verboten iſt, und daß ihr alle beyde den Kopf verliert?

Lieſel.

Ach Herr Simon! Nein es iſt ihnen nichts geſchehn, ich ſehe es, das Gehirn iſt noch ganz.

Cleant.

Herr Philipp, ich muß um Vergebung bitten; aber der Menſch hat mich ſo mal à propos angegriffen, daß ich gezwungen geweſen bin, nach dem Gewehr zu greifen. Er hat ein paar Stöße auf mich gethan, und da habe ich ihn entwafnet. Ich denke, es ſoll ihm der Appetit vergehn, ſich mehr mit mir einzulaſſen

Simon.

Simon (geht auf ihn los, die andern fallen dazwischen.)

Hr. Philipp.

He Fried geb der Herr!

Fr. Philipp.

Wie unverschämt Herr Simon! Itzt haben sie Herz, da wir da sind, warum haben sie denn vorhin keine Courage gehabt.

Simon.

So glauben sie denn, daß er mich entwafnet hat? ich bins gewesen, der ihm den Degen gefangen hat, er ist mir zu Füßen gefallen, ich habe ihm das Leben geschenkt.

Cleant.

Ha, ha, ha, sie dürfen ja nur ihn, und darnach mich anschauen, so müßen sie ja gleich sehn, daß er recht unverschämt lügt. Ein Mensch wie ich, der fechten gelernt hat!

Fr. Philipp.

Ha, ha, ha, nun da siehst du es, mein Schatz! Pfuy, schäme sich der Herr Simon.

Hr. Philipp.

Das ist nicht schön, Herr Simon, daß der Herr so lügt, pfuy.

Liesel.

Ein Lustspiel.

Liesel.
Hätten sie nur lieber die Wahrheit gesagt, Herr Simon. Es wäre ja weiter keine Schande für sie gewesen, sie sind ja aus keinem Kasteri.

Käthel.
Ja Herr Simon, sie hätten lieber den Degen gar nicht ziehn sollen.

Simon.
Herr Philipp, ach ich bin ausser mir! o der Bösewicht. Nur ein einziges Wort Herr Philipp, damit sie sehn, wer Herz hat, oder nicht, erlauben sie mir nur, daß ich den Degen noch einmal ziehen darf, er soll ihn auch ziehn. Auf die Probe muß es ankommen, ich bin ein simpler einfältiger Mensch, mit den Lügen kommt er besser fort, als ich, weil er studirt; ist, aber die That muß es zeigen.

Hr. Philipp.
Der Herr Simon behauptet also würklich, daß er den Cleant entwafnet hat?

Simon.
Ja, ich will Zeit meines Lebens kein ehrlicher Mensch seyn, wenn es nicht wahr ist. Nur die Probe.

Hr. Philipp.
Gut, so macht denn die Probe.

Fr. Philipp.
Ach mein Schatz, bedenke doch —

Fr. Philipp.

Hr. Philipp.

Halt du das Maul. Sie hat mich schon wieder über den Tölpel gehabt, das ist heute schon zum zweytenmal; Dem Cleant meine Tochter — Was nicht die Weiber sind! Ich bin doch sonst so ein gescheider Mann, (er schlägt sich auf die Stirne.) und da, da habe ich sonst Merks? Itzt fangen mir die Augen wieder an aufzugehn. He, nur zu.

Cleant.

Ich habe meine Courage schon gezeigt, und itzt thue ich dem Menschen nicht einmal mehr die Ehre an, da er so undankbar ist. Es sind auch itzt so viele Leute da, das Ding könnte auskommen, ich könnte unglücklich werden, und das verlohnte sich der Mühe, daß ich wegen eines solchen Menschen da —

Simon.

Ach du elender Mensch! heraus, Nur heraus, da sucht er Ausflüchte.

Cleant.

Wenn der Herr den Degen nicht den Augenblik einsteckt, so gehe ich selbst hin, und hole die Sicherheitswache.

Hr. Philipp.

Umgekehrt wird ein Schuh draus, nicht wahr Herr Cleant? Ach wir sind nicht so einfältig. Ich bleibe bey meiner ersten Resolution. der Herr Simon soll trotz euch die Liesel zum Weib bekommen.

Simon.

Ein Luſtspiel 43

Simon (welcher ihm zu Füßen fällt.)

Ach wie unendlich danke ich ihnen, daß ſie mich ſo glücklich machen, nun vergeſſe ich alle Beleidigungen.

Lieſel (zu Füßen.)

Mein lieber Herr Vater, ich ſage auch recht ſchönen Dank, nun weiß ichs, daß ich gewiß nicht übrig bleibe.

Fr. Philipp. (zu den Füßen ihres Mannes.)

Herr Cleant, fallen ſie doch mit zu Füßen. Ach mein liebſter Mann, bedenke nur, ich bin des Todes, wenn ich in keine Kaſterifamilie komme. Wollen wir denn immer ſo niederträchtig bleiben, ſo — nu ſo machen ſie doch Herr Cleant, hören ſie —

Cleant.

Was ſoll ich thun? ſoll ich? Nein, das wäre ein Schimpf für alle Kanzleyen. Herr Philipp, wenn ſie —

Fr. Philipp.

(Wart ich will dich erwiſchen) ſteht auf (ſie ſtehn alle auf) Ja Herr Cleant, baſta, ich gebe ihnen meine Tochter, aber ſie müſſen ſie ohne Heurathsguth nehmen, und von meiner Erbſchaft gänzlich ſich los ſagen.

Cleant.

Cleant.

So? Schaut doch den gescheiden Herrn an! Merke sich der Herr das, wenn Leute von unsers gleichen in eure Häuser kommen, und eure Töchter heurathen wollen, so müßt ihr diese Ehre mit eurem Gelde erkaufen, sonst wird keiner so niederträchtig denken, und sich zu einem Handwerker herablassen. Hat mich der Herr verstanden? Adieu.

Funfzehenter Auftritt.

Die Vorigen, ohne Cleant.

Hr. Philipp.

Nu du feines Weib, hast du ihn gehört? Willst du noch mehr vornehme Connoissancen haben? Wo bleibt denn das Lob, das er überall von mir ausgesprochen hat, he! komm du mir noch einmal und gehe mir mit solchen Leuten um. Nicht wahr, daß sie einen nur foppen? Warte, warte, ich will dir deine stinkende Hoffart austreiben. Nicht vor die Thüre solst du mir mehr ohne meine Erlaubniß hinaus gehn. Madam, strenge Frau, Mama! komm nur mit den Wörteln, komm nur damit! In 4. Wochen solst du mir keine Sylbe mehr reden, ja du solst — kommt umarmet mich Kinder, (sie umarmen ihn.)

Hr. Philipp

Ein Lustspiel

Fr. Philipp.

Ich möchte vor Verdruß, vor Wuth, vor Zorn vergehn. So soll denn alle Hofnung zum Vornehmwerden verlohren seyn? Ach ich armes Weib! (zu Philipp.) komm mir nicht mehr vor die Augen, du bist der dümmste, der niederträchtigste, der flegelhafteste Kerl von einem Mann, der nur — Ich will weder dich, noch das Fisperl da, noch den Bürgerschlauch mehr sehn, ich will — (ab)

Sechszehnter Auftritt.

Lisel, Hr. Philipp, Käthel und Simon.

Lisel.

Ach Herr Vater, wie zornig ist nicht die Frau Mutter, o ich bitte —

Fr. Philipp.

Gieb dich zufrieden mein Kind, und sey ruhig. Mein Sohn, es wird sich alles geben, eure Mutter wird schon wieder zu sich kommen. Ich möchte nur wissen, wie sie auf einmal von einer solchen Hoffart wäre angesteckt worden. Jedes bleibe bey seinem Stande, jedes thue seine Schuldigkeit, so ist die ganze Welt glücklich.

Käthel.

Itzt möchte ich doch auch ein Wort reden. Herr Philipp, erlauben sie mir, daß ich zur künftigen Frau Simon in Dienst gehn darf, ich möchte sonst auch — —

Fr. Philipp.

Hr. Philipp.
Ja, Käthel.

Käthel.
Und wollen sie mir darnach auch einen Mann geben, Herr Simon? Ich werde bald einen brauchen.

Simon.
Ja, meine Käthel.

Käthel.
Nu, das ist brav. Was will ich mehr? Kost, Lohn, und bald einen Mann.

Hr. Phillpp.
So laßt uns denn gehn, meine Kinder, lebt gut mit einander, seht auf die Wirthschaft, so wird euch der Himmel segnen, wie er mich gesegnet hat. Was ich euch werde Gutes thun können, werde ich als ein treuer Vater gewiß thun!

Letzter Auftritt.

Käthel allein.

Sie sind fort, und die Comödie ist aus. Ach itzt zittre ich wieder. Dürften wir uns doch schmeicheln — — allein wir wollen unsere Sachen schon mit der Zeit besser machen. Nur noch Geduld, Nachsicht, wir bitten sie unterthänigst darum. Doch haben wir nicht das billigste, das gütigste, das nachsehn=

sehndeste Publikum vor uns, das nur ermuntern, niemals zu Boden schlagen will? Nu so geh nur nach Hause, du schwatzhaftes Mädel, und sey fleißig, hernach zeige dich dem Publikum. Ja das will ich' auch thun. Ich sage unterthänigsten Dank für die Aufmerksamkeit, die sie uns armen Kindern haben schenken wollen, und empfehle mich und meine Gesellschaft zu hohen Gnaden.

E N D E.